BESTE KATTEN
EN KATACHTIGEN...
WELKOM OP
KATTENEILAND!

DIT BOEK IS VAN:

OSCAR TORTUGA

Tekst: Oscar Tortuga
Oorspronkelijke titel: Giù le zampe dal mio oro!
Vertaling: Loes Randazzo
Omslag: Flavio Ferron
Illustraties: Carlo Alberto Fiaschi, Daniela Geremia, Matteo Giachi, Danilo Loizedda, Sonia
                                  Matrone en Roberta Pierpaoli; Giorgia Arena, Maria Laura Bellocco, Andres
                                  Mossa, Edwyn Nori en Nicola Pasquetto (kleur).

© 2007 Edizioni Piemme S.p.A, Via Tiziano 32, 20145 Milaan, Italië
    www.geronimostilton.com
© Internationale rechten: Atlantyca S.p.A., via Leopardi 8 - 20123 Milaan, Italië
    foreignrights@atlantyca.it
© 2010 Nederland: Bv De Wakkere Muis, Amsterdam - ISBN 978-90-8592-106-6
© België: Baeckens Books bvba, Uitgeverij Bakermat, Mechelen - ISBN 978-90-5461-498-2
    D/2010/6186/15
    NUR 282/283

Druk: Drukkerij Slinger, Alkmaar, Nederland

Oscar Tortuga

BLIJF MET JE POTEN VAN MIJN GOUD AF!

Oscar Tortuga

Oscar Tortuga is de beste journalist van heel Katteneiland. Hij is altijd op het spoor van het laatste nieuws, schrijft artikelen voor de krant die hij zelf uitgeeft: De Krijsende Kater. Hij is een volle neef van Kattenklauw III, de Zwarte Zeerover.
Toen hij zijn eerste boek uitgaf, had hij een leuk pseudoniem bedacht: Mister Mycius, maar iedereen wist dat hij het was! Dus nu schrijft hij boeken onder zijn eigen naam: Oscar Tortuga.

Kattenklauw III, de Zwarte Zeerover

Derde generatie van de Kattenklauw dynastie. Hij houdt heel Katteneiland in een ijzeren greep. Het is een verwaande zelfingenomen kat, gierig bovendien en niet al te snugger. Je kunt zo wel zien dat hij dol is op lekker eten. Hij woont met zijn hele familie in het Keizerlijk Fort.

TERSILLA

Dochter van Kattenklauw III, en zus
van Glitter en Bitter. Ze is een listige,
valse ijdeltuit.
Ze staat het liefst in het middelpunt
van de belangstellig. Haar grootste
wens is als enige op het eiland een
24 karaats vergulde motorboot te
bezitten.

GLITTER EN BITTER

Een tweeling, nageslacht van
Kattenklauw III.
Glitter is een echte poes,
extreem dynamisch, modegek en
geïnteresseerd in architectuur.
Bitter daarentegen is een rappende computer-
freak. Als hij later groot is, wil hij marinebioloog worden
of een ecologische motor uitvinden die niet vervuilt.

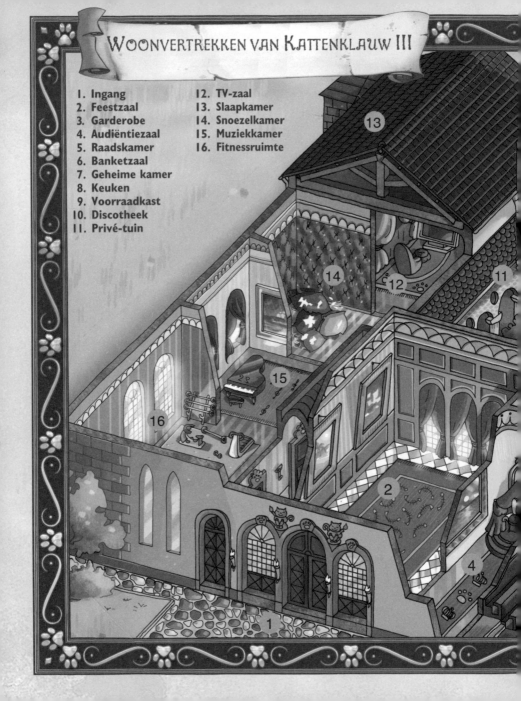

Woonvertrekken van Kattenklauw III

1. Ingang
2. Feestzaal
3. Garderobe
4. Audiëntiezaal
5. Raadskamer
6. Banketzaal
7. Geheime kamer
8. Keuken
9. Voorraadkast
10. Discotheek
11. Privé-tuin
12. TV-zaal
13. Slaapkamer
14. Snoezelkamer
15. Muziekkamer
16. Fitnessruimte

KEIZERLIJK WOONFORT

DE BLAUWE TOREN, WONING OSCAR

WOONVERTREKKEN VAN KATTENKLAUW III

VERBLIJVEN VAN MA TRONE, GLITTER & BITTER EN TERSILLA

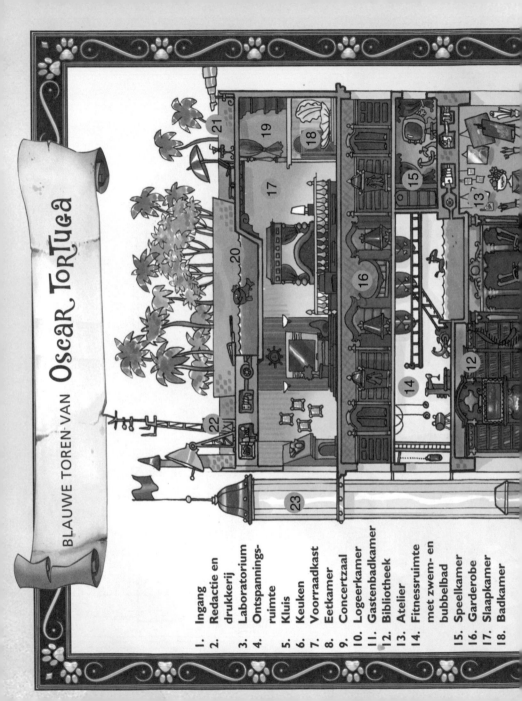

BLAUWE TOREN-VAN Oscar Tortuga

1. Ingang
2. Redactie en drukkerij
3. Laboratorium
4. Ontspannings-ruimte
5. Kluis
6. Keuken
7. Voorraadkast
8. Eetkamer
9. Concertzaal
10. Logeerkamer
11. Gastenbadkamer
12. Bibliotheek
13. Atelier
14. Fitnessruimte met zwem- en bubbelbad
15. Speelkamer
16. Garderobe
17. Slaapkamer
18. Badkamer

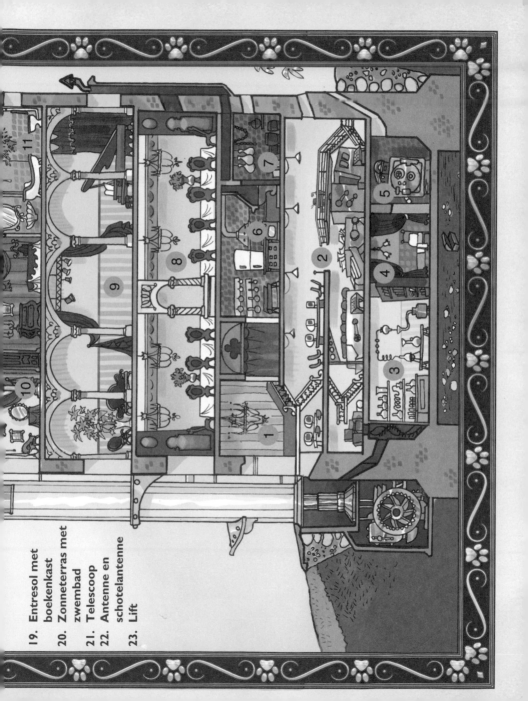

19. Entresol met boekenkast
20. Zonneterras met zwembad
21. Telescoop
22. Antenne en schotelantenne
23. Lift

KNIBBELEN
EN KNABBELEN

Als er één plek is op Katteneiland waar je een rustig dagje wel kunt vergeten, dan is dat het Keizerlijke Woonfort, het paleis van **KATTENKLAUW III,** Keizer der Katten. In de Banketzaal klonk dit keer eens niet het gebrul van Kattenklauw maar dat van **TERSILLA,** zijn aantrekkelijke (maar o, zo valse) dochter. Ze was katzinnig **BOOS,** omdat Kattenklauw had aangekondigd te gaan beknibbelen op

de keizerlijke uitgaven. Bezuinigen dus!
Woedend smeet ze één voor één, een hele stapel
BORDEN op de grond en brulde: 'Je bent een
vrekkat, papaatje, een grote vrekkat! Ik heb
geld nodig voor mooie kleren en juwelen,
ik moet onze keizerlijke eer hoog houden!'
'Eer kun je nergens kopen, kwistig dochtertje
van me! En zie je dan niet dat ik zelf ook overal
op moet bezuinigen?!' vroeg Kattenklauw,
terwijl een heel **TEAM** van kelnerkatten aan
kwam rennen met tientallen schalen waarop de
heerlijkste vis lag.
'O ja, waar bezuinig jij dan op, laat eens horen?!'
'Haringlollies bijvoorbeeld, ik heb er al drie
uur geen gegeten!' klaagde Kattenklauw.
'Pappie!' riepen Bitter en Glitter toen
ze de zaal kwamen binnenstormen.
'Wij willen...'

Bitter en Glitter, de keizerlijke tweeling van
Kattenklauw en zijn tweede katgenote Rosalinda
Khan, waren twee levendige kittens.
'MIAUW! Daar heb je die twee klierkatten ook
nog! Ik hoor in dit paleis niets anders dan bede-
len en klaaglijk miauwen!' BRULDE Kattenklauw
terwijl hij genoeglijk verder knabbelde op een
krabbenpootje.

Miauw!

'Chill neef, anders stik je nog in dat krabbetje!' onderbrak de stem van OSCAR TORTUGA de klaagzang van Kattenklauw.

Juist ja: Oscar, de beroemdste schrijver en journalist van Katteneiland, maar ook de neef en officiële *biograaf* van de keizer. Hij zat in een hoekje van de zaal druk te doen alsof hij aantekeningen maakte voor de keizerlijke biografie. Kattenklauws gebrul VERBAASDE hem een beetje, maar deed hem ook wel deugd.

'Wat wil je? Mij iets vragen? Het antwoord is toch **nee!** Ga *ketsen*!*' krijste Kattenklauw tegen zijn neef.

'Jij hebt *mij* geroepen! Je zei dat ik te veel  kocht...'

* *Ga ketsen*: ophoepelen in kattentaal!

'Ja! Dat is waar ook! Wat doe je toch met al die boeken? Eten kun je ze niet!'

Oscar haalde **WANHOPIG** zijn schouders op.

'Luister, pappie,' kwam Bitter ertussen, 'wij willen helemaal geen geld...'

'Zo mag ik het horen, zoon! Wat willen jullie dan?'

'We willen naar het **KATTOLAB**... het laboratoriumeiland!' vertelde Glitter terwijl hij **GROTE OGEN** opzette. 'Er is daar een wetenschapsbeurs die we willen bezoeken.'

'Het is echt hartstikke interessant!' voegde Bitter er enthousiast aan toe. 'En dit jaar zijn er wetenschappers die hun nieuwste uitvindingen laten zien: **apparaten** die niet vervuilend zijn!'

'En ook ECOLOGISCHE stoffen. Op **KATTOLAB** worden allerlei goede dingen gedaan met het geld dat aan wetenschappelijk onderzoek wordt uitgegeven.'

Oscar keek naar de keizer en zag het al aan zijn snuit: Kattenklauw zou **NOOIT** ook maar één cent uitgeven aan wetenschappelijk onderzoek!

WIE ZAL DAT BETALEN?

'**Nu is het genoeg! En wie moet dat betalen?**

Ik natuurlijk weer!' barstte Kattenklauw uit, en hij zwaaide zo heftig met zijn haak dat de visschubben in het rond vlogen.

Genoeg!

Om hem heen *zwermde* de volledige hofhouding en nog wat loslopende katten: zijn kleermaker, een masseur (een knijpkat), een verkoper van **superzachte** stoelen geschikt voor het doen van een middagdutje, en kelners en koks die een schaal droegen waarop een enorme **ZWAARDVIS** lag.

Toen Tersilla al dit **voedsel** zag, stampte ze woedend op de vloer en riep: 'Geen gemauw meer! Ik wil geld, nu, en niet zo'n beetje ook!'

Maar, alsof hij niets had gehoord, keerde Kattenklauw zich naar de hofkelners en **BASTE:** 'Waar blijven mijn gemarineerde palingen uit de rivier de Klauwende Kat?'

De kelnerkatten trilden als schoothondjes...

ECHT GOUD?

'Ik kan ook niemand vertrouwen! Waar is
Bonzo Felix?!' explodeerde de keizer.
De altijd loyale en altijd aanwezige raadskat van
Kattenklauw kwam door de gang aangerend,
met een grote schaal volgeladen met paling-
spiesjes.

'**Hatsjie! Hatsjie!**' nieste Bonzo. 'Hier
ben ik al, baas! Ik ben hoogstpersoonlijk in de
rivier gedoken om PALING voor je te vangen…'
Kattenklauw bedacht zich geen moment en
stortte zich op de schaal.
Bonzo bleef stokstijf staan en keek hoe Kattenklauw de palingspiesjes wegschranste.
Ondertussen zag Bonzo dat er van de **GROTE**
gouden ketting om zijn nek, dikke gele DRUP-
PELS vielen… Het had de ketting dus geen goed
gedaan dat hij zich zo plichtsgetrouw in de
rivier had gestort. Conclusie: het is niet alles
goud wat blinkt… Het ding was gewoon van
gekleurd **METAAL.**
'Hé, Bonzo! Kijk eens naar je ketting! Hij is aan
het verkleuren…' riep Glitter.
'Miauw! En dat terwijl hij zo mooi glansde…'
'Waar heb je die gekocht?' vroeg Oscar.

'O, gewoon via de telefoon, bij de beroemde **GUUS GRIJPGRAAG.**'
'Hahaha, als dat echt goud is ben ik een keizerin!' grapte Tersilla met een gemene grijns op haar snuit. Nadat hij goed om zich heen had **GEKEKEN** of Kattenklauw hem niet kon verstaan, fluisterde Bonzo tegen Tersilla: 'Ja hoor eens, met het salaris dat de keizer mij betaalt, zijn nepjuwelen het **ENIGE** wat ik me kan veroorloven!'

IK KAN NIET TOVEREN!

Maar de oren van Kattenklauw waren **DIK** in orde; hij kon goed genoeg horen om Bonzo te verstaan, die over zijn salaris klaagde. Toen **Barstte** de bom!

Ze maakten allemaal dat ze wegkwamen, alsof er een meute honden achter hen aan zat. Ze wisten wat er nu zou volgen: een bombardement van visgraten!

Zoef!

'Verraderlijke kattenbrokvreters!
Mauwen kunnen jullie! Jullie mauwen en ik ga **FAILLIET!**'

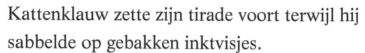
Kattenklauw zette zijn tirade voort terwijl hij sabbelde op gebakken inktvisjes.

Met een volle snuit mopperde hij: 'Iedereen wil goud, maar ik kan niet TOVEREN!'

Tersilla's oogjes begonnen te schitteren: ze kreeg een katzinnig idee en sloop stilletjes weg. Wat zou ze nu weer bedacht hebben? Vast niet veel goeds!

Eh...

BRENG ME HET WISSELGELD!

'Tut, tut, pappie, we vroegen alleen maar of we naar het **KATTOLAB** mochten!' zei Bitter.
'Goed dan, maar loop me niet voor m'n po…
eh, ik bedoel, gaan jullie maar! Ik ben in een **GOEDE BUI** vandaag!'
'Bedankt pappie! Mogen we met de veerboot?'
vroeg de tweeling **suikerzoet.**
'Wat kost me dat? Kunnen jullie niet gaan **zwemmen** of door de tunnel?'
'Als je wilt, vlieg ik ze erheen met mijn dubbel-
dekker!' bood Oscar aan. 'Ik heb een afspraak op het Kattolab om naar een nieuwe **DIGITALE** drukpers te gaan kijken.'

Goedkoper kon niet... Met een opgetrokken wenkbrauw en een flauw gebaar met zijn poot, gaf Kattenklauw toestemming.

'Goed, vooruit dan maar,' zei hij en liet twee munten in de pootjes van de tweeling glijden.

'Hier hebben jullie allebei een hele **eurokat,** en geef niet alles uit aan *muizenissen*!*'

'Maar pappie, hier kunnen we niet eens een haringlollie voor kopen!'

'Geen gemauw, blikskaters! En breng me het wisselgeld!'

En zo zeiden Oscar en de tweeling Katten-klauw gedag en vertrokken ze, op weg naar VLIEGVELD "De Visgraat".

Tijdens de vlucht naar het Kattolab was de tweeling behoorlijk OPGEWONDEN.

Oscar vloog op een hoogte die hen een mooi uitzicht bood op Katteneiland.

'Wie weet hebben de wetenschappers eindelijk een ECOLOGISCHE motor uitgevonden!' zei Bitter.

'Of anti-allergische veertjes voor in onze kussens!' zei G/itt€r.

'Halen jullie je maar niets in je kop!' zei Oscar. 'Ik heb nog nooit van een kat gehoord die heeft doorgestudeerd en WETENSCHAPPER werd!'

Welkom op Kattolab

Toen ze op de beurs waren aangekomen, ging Oscar op zoek naar de stand met de digitale **drukpers.** Glitter en Bitter liepen samen langs de andere beursstands.

Strak in het pak geklede piratenkatten lieten de nieuwste SNUFJES aan de bezoekers zien.

Het was een KOMEN! EN GAAN! van katten!

Bitter en Glitter kwamen aan bij de stand van **Bollebuik von Trippen,** de meest gehate kat van Katteneiland, en *Kika Kittekat,* een elegant gevlekt poesje. Zowel Bollebuik als Kika was lid van de RAAD VAN KATTENZAKEN, maar hier verkochten ze de allernieuwste

modellen muizenvallen. De tweeling vroeg hen beleefd: 'Pardon, kunt u ons misschien vertellen waar we de *biologische* producten kunnen vinden?'

De twee wetenschappers keken elkaar aan en barstten in lachen uit. Zonder te weten wie de

twee kleintjes waren PROESTTE Bollebuik:
'Ik heb niet meer zo gelachen sinds Katten-
klauw probeerde te voetballen!'
'Wat voor soort producten zoeken jullie?' vroeg
Kika.
'Producten die geen kwaad kunnen voor de
NATUUR.'

'Ja zeg, we krijgen van de keizer niet
eens genoeg geld voor **GROENE
STROOM!**' sputterde Kika.
'Hè, hoe kan dat?' vroeg Bitter
verbaasd. 'Hoe doen jullie dat
dan met de COMPUTER
en zo?'
Bollebuik liet de tweeling een fol-
der zien van een grote elektriciteits-
centrale op het laboratoriumeiland
Kattolab, die werd gestookt op **kolen,** en zei

trots: 'Hier komt al onze **STROOM** vandaan!'

'Kolen? Maar dat is verschrikkelijk vervuilend!' riep Glitter.

'Inderdaad!' zei de wetenschapper glimmend van trots.

'Het is de meest vervuilende centrale van het hele eiland! Als Kattenklauw ons meer onder-steunde, zouden we een nog **VUILERE** centrale kunnen maken… maar de keizer knibbelt en knabbelt alleen voor zichzelf!' mopperde Kika. 'Wij krijgen niet meer dan een paar **kruimel-tjes!**' zei Bollebuik.

Op dat moment kwam er een *elegante* kattin aanlopen. 'Hoi, Bitter! Hoi, Glitter! Wat leuk jullie hier te zien!'

Het was **Katelijne,** de mooie en mysterieuze nicht van Kattenklauw, en een groot liefhebster van de boeken van *Geronimo Stilton*.

HOI BITTER,!
HOI GLITTER,!

'Hoi, Katelijne! Wat een **verrassing**! Wat brengt jou hier?'

'Ik zoek een nieuw b o e k over wetenschap. En jullie?'

'Wij zijn gekomen om nieuwe ECOLOGISCHE producten te bekijken,' antwoordde de tweeling.

Hoi, Katelijne!

'Ik ben blij dat jullie tenminste om de **natuur** geven, want die vader van jullie…!'

'Katzinnig*!' fluisterde Kika tegen haar collega.
'Dat zijn die mormels van Kattenklauw!'
'Dekselse kater, je hebt gelijk!' antwoordde
Bollebuik, en hij zei snel tegen de tweeling:
'Sorry, maar we hebben **HAAST...**'
'Hoezo, *haast?* Je was aan het vertellen over
de centrale!' zei Bitter boos.
'Je bent gesnord**, jullie geven geen anars
om wetenschap!' zei Glitter woedend.
'Integendeel!' verweerde Bollebuik zich. 'Kom
maar mee, ik zal jullie iets laten zien waar de
keizer zeker BLIJ mee zal zijn!'

* *Katzinnig:* fantastisch in kattentaal
** *Je bent gesnord:* je bent niet helemaal goed wijs in kattentaal

MUIZENBOUT
OF SCHOENZOOL?

Samen met Glitter en Bitter doorkruiste Bollebuik de beurs.

Katelijne volgde hen NIEUWSGIERIG.

Wat een fantastische uitvinding zal dat zijn, ik ken die "WETENSCHAPPERS!" dacht ze achterdochtig.

'Kijk! Wat vinden jullie daarvan!' zei Bollebuik wijzend op een gemotoriseerde step. 'Een juweeltje! Kijk eens hoeveel rook dat ding uitstoot!'

'We zien het…' antwoordde Glitter en Bitter IRONISCH.

'En hier hebben we nog een UITVINDING!

34

Broeeeeem

Een fantastische Muizenaromaspray!' vertelde Bollebuik **TRIOMFANTELIJK.**

'En waar is dat dan wel goed voor?' vroeg Bitter **VERBAASD.**

'Ach, wat zijn ze toch heerlijk onschuldig!' zuchtte Bollebuik.

Hij boog voorover naar de kittens en miauwde fluisterend in hun oor:

'**Spuit** een klein beetje van dit goedje op een vis, een champignon of zelfs op een oude schoenzool, en iedereen zal denken dat het

om een mals muizenboutje gaat! De RESTAURANTS van Kattendrecht vechten om een paar flesjes, zodat ze hun klanten mooi een poot kunnen uitDRAAIEN!

'Ik durf te wedden dat er in de spuitbus schadelijke stoffen voor het milieu zit-ten…' onderbrak Glitter hem.

'Natuurlijk, mega-veel!' antwoordde Bollebuik en wreef tevreden in zijn klauwen.

Glitter en Bitter stonden paf.

'Ja, nu weten jullie niet meer wat je moet zeg-gen, HÈ? Wij wetenschappers weten heus wel wat we doen. Zeg dat vooral ook tegen jullie vader!'

Ragout van Rokfordse muizen (nep)

In het kort kwam het er dus op neer dat alle UITVINDINGEN waren bedoeld om te bedriegen, of om zo veel mogelijk *LUCHT*, water en BOSSEN te VERVUILEN.

'Kijk,' vertelde Kika trots, 'dit hier is nepgoud, nepzilver en nepplatina. Je kunt er van alles mee verven... zoals kettingen bijvoorbeeld; eigenlijk alles wat maar van METAAL is.'

'Het is nog niet 100 procent perfect, maar we werken er hard aan,' verontschuldigde Bollebuik zich. 'Het schijnt dat de verf nog niet helemaal WATERVAST is, en dat het kan oplossen, waardoor de ketting er opeens weer heel GEWOONTJES uit gaat zien.'

'Zo'n ketting hebben ze Bonzo aangesmeerd!'

fluisterde Glitter tegen haar broer.

'Precies, je hebt gelijk…' antwoordde Bitter, terwijl ze doorliepen naar de volgende stand.

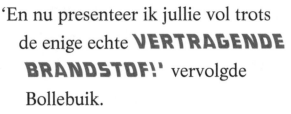

'En nu presenteer ik jullie vol trots de enige echte **VERTRAGENDE BRANDSTOF!**' vervolgde Bollebuik.

'Waar heb je dat nu weer voor nodig?' vroeg Bitter, die na al die automagische* uitvindingen niet eens meer raar opkeek.

'Katzinnig spul!' antwoordde Bollebuik. 'Als je meedoet aan de autoraces, doe je deze brandstof in de tank van de andere coureurs, zodat die zo langzaam als slakken worden!'

'Maar is die **BRANDSTOF** niet nog veel slechter voor het milieu dan gewone benzine?' zei Bitter.

*Automagische: raadselachtig in kattentaal

'Maak je een grapje? Natuurlijk wel, VEEL slechter!' riep Bollebuik.

'Sorry, hoor,' zei Katelijne tegen Bollebuik en Kika, 'maar hebben jullie nog nooit van ECOLO-GISCHE uitvindingen gehoord?'

'Eh, ja... daar heb ik wel eens iets over gehoord, maar ik weet niet meer precies wat...'

Bitter, Glitter en Katelijne staarden hem vol ongeloof aan.

Kika en Bollebuik begonnen zich zorgen te maken.

'Nee hè, nu heb je alles verpest!' mompelde Kika tegen haar collega. 'Nu gaan ze hun vader vast vertellen dat we niet genoeg vervuilen!'

Dag en nacht
ver.vuilen!

Bitter haalde zijn **COMPUTER** uit zijn rugzak tevoorschijn en opende de site van de Enkatta Encyclopedie.

'Kijk, op **KATTOMEDIA** kun je veel informatie vinden over ecologische uitvindingen,' zei hij, op het scherm van zijn laptop wijzend. 'Door de vervuiling van de natuur, sterven er veel **DIEREN** en **PLANTEN** uit!'

'Zolang de vis maar niet uit-sterft!' riep Bollebuik.

'Inderdaad, hoe moet ik anders **GEVULDE SARDIENTJES**

Kijk...

klaarmaken?' lachte Kika.

Katzinnig onzinnig! Met die twee
MAUWENDE vlooienvachten viel echt
niets te beginnen!

Bitter, Glitter en Katelijne besloten
TERUG te gaan naar huis.

'Gaan jullie al?! Neem in ieder geval de
folders over onze uitvindingen mee,
voor jullie lieve pappie!' zei Bollebuik.

Glitter en Bitter stopten de FOLDERS
van de meest onzinnige UITVINDIN-
GEN in hun rugzak: goudverf, muizenaroma, vertragende brandstof, poedervlooien, pratende opwindmuizen...

'We zullen ze zeker aan onze vader
laten zien,' zei Bitter, 'en hem erbij
vertellen dat hij veranderingen moet
doorvoeren...'

GOUDVERF

MUIZEN-
AROMA

VERTRAGENDE
BRANDSTOF

POEDER-
VLOOIEN

PRATENDE
OPWINDMUIZEN

ONUITPUTTELIJKE ENERGIEBRONNEN

Sommige energiebronnen, zoals olie, zijn niet
onuitputtelijk, maar kunnen een keertje opraken.
Daarom moeten we daar zuinig mee omgaan.
Andere bronnen, zoals de zon, zijn wel onuitputtelijk;
daar kunnen we altijd gebruik van maken.

De **ZON** is dus een enorme bron van energie. De energie van **zonnepanelen** *(thermische energie)* kan bijvoorbeeld worden gebruikt voor het opwarmen van water. Een **zonnecel** *(fotovoltaïsche cel)* vangt het zonlicht op en zet dat om in elektriciteit.

Ook de wind is een onuitputtelijke bron van energie. **Windkracht** *(eolische energie)* kan generatoren in beweging zetten. Je hebt vast wel eens een windmolen gezien: de wind doet de enorme wieken draaien, die in verbinding staan met grote accu's, waarin de geproduceerde energie wordt opgeslagen.

Het **David L. Lawrence Convention Center** (Pittsburgh, Verenigde Staten van Amerika), ontworpen door architect Rafael Vinoly, is het grootste gebouw ooit gemaakt van **hergebruikt materiaal.** Alle gebruikte verf is gegarandeerd gifvrij. De ramen en andere natuurlijke lichtbronnen zijn zo geplaatst, dat er zo min mogelijk elektrisch licht nodig is, en zelfs het ventilatiesysteem maakt gebruik van verse lucht, die door het hele gebouw wordt geleid. Oftewel: bijna alles in het gebouw is **"puur natuur".**

RECYCLING

Het **opnieuw gebruiken van afval** is een andere manier om energiebronnen te beschermen.
Een groot deel van het door ons geproduceerde afval (plastic, metaal, glas, papier, aluminium en nog veel meer) kan worden hergebruikt in een andere vorm. Zo kunnen autobanden bijvoorbeeld tassen worden, kan oud papier veranderen in nieuw papier, en van oude plastic flessen kunnen weer badpakken of sjaals worden gemaakt.

JIJ OOK HIER?

Net nadat de tweeling de uitvindingen van Kika en Bollebuik in hun rugtas hadden gestopt, kwam OSCAR terug. 'Zo, HOE GAAT HET?'

vroeg hij lachend. 'Hoi Katelijne! Jij ook hier?
En, hebben jullie de laatste uitvindingen van de
grote piratenwetenschappers gezien?'
'Je had gelijk, oom Oscar!' antwoordde Glitter,
'De piratenkatten zijn geen echte **WETEN-
SCHAPPERS**... maar daar gaan we wat aan
doen!'
'Dat lukt je toch niet bij KATTENKLAUW!'
zei Oscar.
'Joh, doe toch niet zo KATTIG!' snauwde
Katelijne. 'Ze bedoelen het toch goed. En zoals
Geronimo Stilton altijd zegt...'
'Jouw muizenissige verhalen interesseren hen
niet, **Katelijne!** Ze vangen liever muizen!'
antwoordde Oscar.

DE ALCHEMIST

In Kattendrecht had de keizer zich ondertussen in de **Dommelkamer** teruggetrokken. Hij lag te grienen en te snotteren.

'Snik! Iedereen vraagt me om g°u̇d en geld... hap... het is ook nooit genoeg! *Burp!'* Achterovergeleund in de kussens, liet de Genadeloze Gezagvoerder van de Piratenkatten zich de garnalenkroketjes goed smaken; af en toe liet hij een **BOERTJE** tussen het snikken door.

Er klonk een stemmetje: 'Mag ik binnenkomen?'

'Wie snort hier niet helemaal*, en stoort mij?' snotterde Kattenklauw.

'Pappie, ik ben het, Tersilla! Ik heb een nieuwtje

voor je! De oplossing voor al je problemen!'
Naast haar stond een MYSTERIEUZE
kater.

Het was een kater met een **volle baard** en
een lange mantel met capuchon, waardoor
alleen zijn OGEN zichtbaar waren.

'Wie is die gemaskerde kat?' riep Kattenklauw
verstoord.

'Bijt op je tong!' baste de gast. 'Ik ben een
alchemist!'

De alchemist

'Hoe durf je, zo praat je niet tegen de keizer! Evacueer je jezelf* of moet ik het laten doen?' 'Beledig hem toch niet, pappie. De alchemist heeft zijn krachten geërfd van de Oude Dynastie der Katten en kan al je problemen oplossen. Hij heeft een machine uitgevonden en

Een alchemist

Een alchemist was iemand die de alchemie beoefende; een wetenschap die zich bezighield met het veranderen van minder kostbare metalen in goud, door middel van de "steen der wijzen".

Dit was geen echte steen, maar een substantie, die soms ook wel het "levenselixer" werd genoemd. Dit elixer zou verjongend werken, misschien wel onsterfelijk maken. De vroegste alchemisten kwamen voor in Azië, vervolgens legde de wetenschap een lange weg af en kwam veel later pas in Europa terecht. Vanaf de 17e eeuw werd het geleidelijk aan vervangen door scheikunde en farmacologie.

PARACELSUS

Paracelsus (1493 of 1494-1541) was één van de beroemdste alchemisten.

* *Evacueer jezelf: maak dat je wegkomt in kattentaal.*

kan voorwerpen in goud veranderen… net als KONING MIDAS!'

'Dat goud klinkt interessant,' miauwde Kattenklauw, 'maar als die alchemist niet een beetje *OPSCHIET,* evacueer ik hem!'

Tersilla draaide zich om naar de MYSTERIEUZE kat: 'Meester, wilt u uw *ongelooflijke* uitvinding aan mijn vader laten zien?'

'Dat wil ik! Maar alleen omdat u het me vraagt!' antwoordde de kat en met een zwaai haalde hij een rol perkament van onder zijn mantel tevoorschijn.

KONING MIDAS

Midas is bekend uit de Griekse mythologie als de koning van **Frygië** dat in het tegenwoordige Turkije lag. Frygië was rijk dankzij de goudproductie. Koning Midas kon volgens de mythologie alles wat hij aanraakte in goud veranderen. Dat leek heel mooi maar al snel werd deze gave een vloek. Wat gebeurde er? Ook zijn voedsel en zelfs zijn kind veranderden in goud! Hij had de gave gekregen van Dionysus, omdat hij een dronken sater had gered. Dionysus vertelde hem ook hoe hij de gave weer kon "wegwassen", in de rivier Pactolus. Volgens de legende dreef er, na het bad van Midas in de rivier, stofgoud op het water.

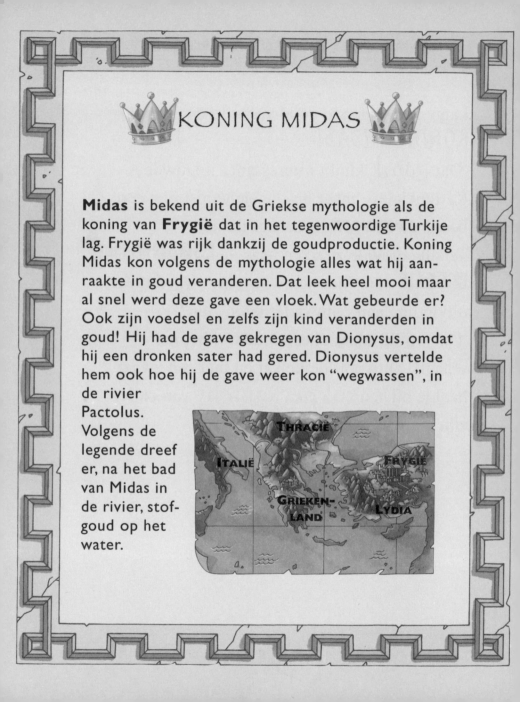

DE
GOUDMACHINE

Op het *perkament* stond een
vreemd uitziende **machine.**
'Kijk, het ontwerp van mijn
Goudmachine! Om hem te
starten heb ik eerst een grote
hoeveelheid goud nodig: hij
moet de **GOUDEN ENERGIE** eerst absorberen!
Pas dan kan hij alle metalen veranderen in
goud!' legde de alchemist uit.
'Ik snap er geen **SNARS** van, maar ik moet die
machine hebben!' zei Kattenklauw.
Dat had ik wel verwacht, dacht Tersilla, papa is
erin getrapt!

DE WERKING VAN DE GOUDMACHINE

1

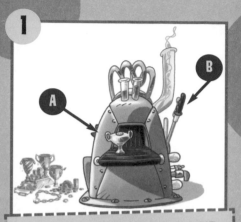

WERP EEN GROTE HOEVEELHEID GOUD (DE HELE GOUDVOORRAAD VAN KATTENKLAUW ZAL NET VOLDOENDE ZIJN!) IN LUIKJE **A**. DRUK HENDEL **B** NAAR BENEDEN.

2

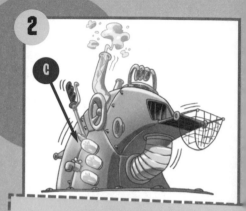

DE MACHINE ABSORBEERT DE GOUDENERGIE EN SLAAT DIE OP. ALS LAMPJE **C** GAAT BRANDEN IS DE MACHINE KLAAR.

3

DE MACHINE SLAAT DE HOE-VEELHEID GEABSORBEERD GOUD OP IN **D**.

4

STOP NU EEN METALEN VOORWERP IN LUIKJE **A**. HET PUUR GOUDEN VOORWERP ZAL VIA LUIKJE **E** DE MACHINE WEER VERLATEN.

EEN SCHAT DIE STINKT

'Beste alchemist, ik zal je tot onderkeizer benoemen, maar vertel me eerst eens: waar is die machine nu?' vroeg een ongeduldige keizer.
'Deze **fantastische** machine staat in mijn geheime werkplaats op Kattolab,' vertelde de mysterieuze kat. 'Hij is veel te **groot** en BREEKBAAR om naar Kattendrecht te worden gebracht.'
'Kom op, pappie! Pak al het goud uit de schatkist en laten we naar **KATTOLAB** gaan!'
'SSST!' maande Kattenklauw en hij maakte een gebaar dat ze niet zo hard moest mauwen. 'Ik hoor **POOTSTAPPEN!** Als

Ma Trone ons snort met onze poten in de schatkist, *VILT* ze ons!'

'Ha… hatsjie!' hoorden ze in de gang.

Het was Bonzo, die nog steeds last had van zijn
verkoudheid. 'Sjorry, ik zjocht mjijn kjetting…'

Kattenklauw trok hem aan zijn oor mee en zei:
'Ik geloof dat we een vrijwilliger hebben voor
het goudtransport! **HaHaHa!**'

En zo werd in het geheim de schatkist door de
keizer leeggeroofd. Om het niet **VERDACHT**
te laten lijken laadden ze de kisten op een
vuilniswagen die het keukenafval kwam halen.

Toen het klusje was geklaard **VERTROKKEN**
Bonzo en Kattenklauw onmiddellijk naar
KATTOLAB.

'Katzinnig!' bromde de keizer. 'Wat stinkt die
kar, zeg!'

'Ik rjuik njiets…' antwoordde Bonzo, hij was

verschrikkelijk verkouden...

'Als het achter de rug is, rij jij terug met de vuilniswagen en vlieg ik met mijn **_PRIVÉJET!_**'
Ze werden gevolgd door een **_VLAMMEND_** rode
bolide, waarin Sjonnie Smile en Zik Hangsnor
zaten, de twee lijfwachten van Tersilla.
De **MYSTERIEUZE** alchemist was al aangekomen op Kattolab; die was met Tersilla
meegegaan op haar speedboot.

GELOOF HET OF NIET!

Stinkend naar rotte vis kwamen Kattenklauw en Bonzo aan bij de werkplaats van de alchemist, die in een **DONKERE** en **VUILE** loods zat in een piepklein haventje.

1 Werkplaats van de alchemist
2 Speedboot van Tersilla
3 Vuilniswagen van Bonzo
4 Bolide van Sjonnie en Zik

Kattenklauw en Bonzo **liepen** achter de alchemist en Tersilla aan naar binnen, Sjonnie en Zik
bleven buiten.

'Bjaas,' fluisterde *Bonzo,* 'die alchjemjist
stjaat me njiet aan! Wjaarom verstjopt hjij zjich
stjeeds onder djie capjuchjon?'

'Snuit dicht, Bonzo!' snauwde de keizer.
'Iedereen weet dat een echte alchemist nooit
zijn identiteit verraadt!'

'Hjij mag djan een alchjemjist wjezen,' snotterde Bonzo, 'mjaar ik vertrjouw hjem njiet, bjaas!'

Terwijl Bonzo en Kattenklauw zo stonden te
kibbelen, tilde de alchemist langzaam een doek
op en onthulde zijn machine, in al zijn glorie:
'Trots toon ik u mijn kostbare Goudmachine!'

'Miauw! Wat is dat voor een BLOK OUD
ROEST?!' riep Kattenklauw.

'Ik zal maar net doen of ik dat niet hoorde!

Snel... gooi uw goud erin!' beval de *alchemist*
ongeduldig.

'Waag het niet mijn goud te stelen, ik rijg je aan
mijn *nagels** als ik het merk!'

'U beledigt me, Katerlijke Hoogheid! De machine
absorbeert nu uw goud,' legde de alchemist uit,
'daarna kan het alles in kostbaar EDELMETAAL
veranderen... puur goud!'

De machine begon te puffen en pruttelen, als
een oude koffiemachine!

Kattenklauw kon het nog niet geloven: hij zou
de rijkste kat ter wereld worden!

* *Ik rijg je aan mijn nagels: ik krab je in kattentaal.*

HOERA,
HIJ DOET HET!

'**HOERA!**' riep Kattenklauw die van Bonzo een pan kreeg aangereikt.

'Pak aan! Maak hiervan **ONMIDDELLIJK** een gouden pan!' beval de keizer.

De alchemist stopte de pan in de machine, trok aan de hendel, en…

Pak aan!

PUF-PUF-PUF
PRUTTEL
PRUTTEL!

De machine begon te schudden en trillen, en

toen… kwam er een schitterende gouden pan uit!

'Katzinnig! Hij doet het!!!' brulde Kattenklauw terwijl hij van enthousiasme Bonzo om zijn nek vloog.

Toen vroeg hij ACHTERDOCHTIG: 'Maar om deze pan te maken heb je toch niet mijn goud gesmolten?!'

'Hoezo, gesmolten? Uw goud zit er nog gewoon in, helemaal intact!' antwoordde de alchemist wijzend op de machine die gewoon doorging met pruttelen en sputteren.

LIVE OP TV

Kattenklauw was dolgelukkig en danste en
draaide.

'Lieve pappie, waarom laat je dit niet aan al je
eilandkatten zien, live op tv? Dan zien ze dat je
rijk bent, en word je **BEROEMD!**'

Kattenklauw was euforisch en riep: 'JA!
Wat zullen ze opkijken!'

Terwijl Tersilla telefoneerde met FoxNet om te
vragen of ze onmiddellijk een team konden
sturen voor een live uitzending, bleef de keizer
maar dansen.

'JA!!! Goud! **Heel veel** goud! Ik
verander al het metaal op Katteneiland in goud.

Ik koop Muizeneiland en verander ook daar
alles in goud!'

Tersilla stelde geslepen voor: 'Je zou de potten
en pannen van de eerste **10** katten die zich hier
in de werkplaats melden in goud kunnen veranderen, live op tv!'

'**JA**! Goud! Heel veel goud! **ALLEMAAL
VOOR MIJ!**' zong de keizerlijke Kattenklauw.

'Verhjoog je dan ook mjijn sjalaris?' vroeg Bonzo.

'JA! Goud! Heel veel goud! ALLE...' wilde Kattenklauw zingen. 'Wat?! NEE! Wat vraag je nu? Als je zo snottert versta ik er niets van! Evacueer jezelf en neem die stinkende vuilniswagen mee naar Kattendrecht!'

Zonder dat KATTENKLAUW het in de gaten had, waren Tersilla en de *alchemist* zachtjes fluisterend naar een andere ruimte geslopen.

BELANGRIJKE MEDEDELING!

Op de beurs liep de tweeling samen met
Katelijne en OSCAR, naar een immense
TELEVISIEWAND die hun aandacht
had getrokken. De presentatrice van FoxNet kon-

digde aan: 'We onderbreken onze uitzending van de **5021**ᵉ aflevering van **GERONIMO IN DE KLEM!** voor een belangrijke mededeling…'

'Hé, daar heb je papa!' riepen Bitter en Glitter tegelijk.

'En daar heb je ook jullie zus!' vulde Oscar aan.

Katelijne vroeg: 'Maar wie is dat type met die lange MANTEL?'

'Beste katten en katers! Vanaf vandaag verandert jullie keizer alles wat hij aanraakt in goud, net als de beroemde koning Paljas, *eh*, ik bedoel, *koning Midas*… Ga allen naar de afgelegen haven van KATTOLAB! Van de eerste **10** katten die daar aankomen, zullen de potten en pannen worden veranderd in goud!'

De boodschap was nog niet uitgesproken of alle katten op de beurs **katapulteerden** zich richting de uitgang. Bitter en Glitter bleven

𝕊𝕋𝕆𝕂𝕊𝕋𝕀𝕁𝔽 zitten.

'Weer zo'n katzinnig idee van onze Katerlijke Hoogheid!' grapte Katelijne. 'Iedereen weet toch dat je geen goud kunt maken!'

'Eeuwenlang hebben *alchemisten* het geprobeerd, maar zonder succes!' vulde Glitter haar nog aan.

'We moeten hem tegenhouden voor hij een KATTENFLATER slaat!' zei Bitter triest.

'Oscar, help ons! Kun je ons naar die haven brengen?'

'Omdat jullie het zijn! Voor hem zou ik geen poot uitsteken!' antwoordde Oscar.

In de Haven

Oscar riep een taxi en bracht de tweeling snel naar de haven, samen met Katelijne.

Er hing een dichte smog, nog meer dan gewoonlijk.

Het WATER was OLIEZWART en de bladeren aan de bomen waren BRUIN en droog.

Glitter merkte op: 'Ik snap er niets van, Bitter, het water lijkt me vuiler dan normaal!'

'Ja, je hebt gelijk. En wat is dat voor een DRAB die de steigers bedekt? Er is iets aan de poot. Daar kun je KATTENVERGIF op innemen!'

De speedboot van Tersilla lag aangemeerd aan

één van de steigers bij de loods. Op de kade
WEMELDE het van de katten en katers.
'Papa moet daarbinnen zijn, met die **machine!**
We moeten weten wat zich daar afspeelt!'
Terwijl de tweeling een achteringang zocht,
werd hun aandacht getrokken door een stem
die uit een raampje klonk.

'Perfect! Ons plannetje werkt! Kattenklauw heeft het helemaal niet door. Als hij op tv laat zien hoe hij metaal in goud verandert, drukken wij onze snor met zijn goud!'

Dat was de stem van **TERSILLA,** die in druk overleg was met de MYSTERIEUZE kater die ze op tv hadden gezien.

'Hoorde je dat, Bitter?' vroeg Glitter.

'Het is een complot!' zei Bitter terwijl hij op een stapel blikken klom. 'En dat MYSTERIEUZE type heeft een bekende snuit...'

'Ssst! Stil! Anders horen ze je!' fluisterde Glitter en gaf hem een por met haar elleboog.

BOEMERDEBOEM!

Bitter viel met blikken en al op de grond. Het was een **enorm** lawaai.

Het Muizenaroma en de pratende opwindmuis rolden uit zijn rugzak.

'Wie is daar?!' gilde Tersilla **woedend**.

'Sjonnie, Zik! Ga **KIJKEN!**'

De tweeling keek elkaar eens aan. Toen pakte
Bitter snel de opwindmuis: hij had een *IDEE!*

GEHENGEL
NAAR KATTEN

Bitter GLIMLACHTE naar zijn zus: 'We moeten de vrienden van Tersilla afleiden! Jij gaat naar de vuilniswagen, de rest doe ik!' Bitter pakte het Muizenaroma en SPOOT...

Toen nam hij de opwind-muis en...

PIEP!

Hij zette het pie-pende MUISJE onder het raam. En nu maar hopen dat de katten erin trap-pen! dacht hij.

Piep!!!

Sjonnie en Zik hadden al in eeuwen geen
levende muis gezien.
Van de muizengeur en het gepiep raakten ze
in **rep** en ROER, en in de opwinding
KNALDEN ze tegen elkaar aan!
'Een muis! Hoorde je dat? Het gepiep kwam
hier vandaan!' zei Zik opgewonden.

'Ja, maar de geur kwam daar vandaan!' zei Sjonnie. 'Het is vast die **schrijver**, die *Geronimo Stilton!*'

'Dan zou ik maar eens in actie komen!' katte Tersilla. '*Stilton* of geen *Stilton*, jullie moeten die muis vangen!'

Ze draaide zich om naar de *alchemist* en katte: 'En jij, waar wacht jij nog op? Hoe sneller we de televisie-uitzending achter de rug hebben, des te eerder kan ik mijn plannetje uitvoeren!'

Muizenaroma

Bonzo was ondertussen naar de vuilniswagen gelopen. Hij wilde hem naar Kattendrecht terugrijden, zoals KATTENKLAUW had bevolen.

Wat hij niet wist was dat Glitter een spuitbus Muizenaroma onder zijn *GASPEDAAL* had gestopt. Zo zou hij bij het *GAS GEVEN*

MUIZEN-
AROMA

steeds een **WOLK** Muizenaroma verspreiden.
Sjonnie en Zik zouden dat ruiken en achter de
vuilniswagen aan gaan!

'Dag, *Bonzo!*' zei Glitter, die deed alsof ze
daar toevallig liep. Bonzo groette haar alsof het
de normaalste zaak van de wereld was dat hij
haar daar tegenkwam.

'Ik gja naar Kjattendrjecht, wjil je een ljift?'
vroeg Bonzo en hij **STARTTE** de motor.

'Nee, dank je, ik blijf nog even hier!' antwoordde Glitter. In haar ooghoek zag ze Sjonnie en
Zik naar de vuilniswagen **KIJKEN.**

'Hé, ruik je dat? Die **SPIONMUIS** zit in
die vuilniswagen!

HIJ VERTREKT! ERACHTERAAN!'

brulde Sjonnie.

Bonzo rook niets met zijn verkouden neus en

vertrok, terwijl hij een spoor van Muizenaroma achterliet, vermengd met de STANK VAN ROTTEND AFVAL.

VOLG GERONIMO STILTON!

'Goed gedaan, zus!' zei Bitter die bij Glitter kwam staan.

'Nu gaan we naar OSCAR, we moeten overleggen,' antwoordde Glitter.

Sjonnie en Zik liepen likkebaardend achter hun neus aan, GELOKT door het Muizenaroma.

'Wat een lekker geurtje komt er uit die vuilniswagen!' riep Sjonnie kwijlend.

Ze wisten het zeker: daar zat een muis in! Ze sprongen in de bolide en zetten met piepende BANDEN de ACHTERVOLGING in.

'SCHIET OP! Trap hem op zijn staart!' beval Sjonnie.

'Welke staart?'

'Sukkelkat! Dat betekent: gas geven!'

'Oké! IK GEEF AL GAS! Stel je eens voor dat wij die SPIONMUIS pakken! Geronimo Stilton in levenden lijve!'

Oké! Ik geef al gas!

'Wat ben je toch dom! Dit stinkt als **rioolratten,** het kan dus nooit *Geronimo Stilton* zijn, dat is een schrijversmuis.'

'Rioolrat, schrijversmuis... wat is het verschil? Een GEBRADEN knager is altijd lekker!'

Bitter en Glitter gluurden vanachter de bomen en zagen de vuilniswagen, achtervolgd door de bolide, aan de HORIZON verdwijnen.

'Goed!' zei Glitter. 'Nu kunnen we op zoek naar Oscar...'

'Ik hoop dat we papa kunnen helpen!' zei Bitter bezorgd.

EEN ECHTE WETENSCHAPPER.

Toen **Glitter** en **Bitter** bij de loods aankwamen, stond Oscar te praten met Katelijne. '**Oscar, Oscar!** We moeten je wat vertellen!'

'Daar zijn jullie! Waar waren jullie gebleven?'

'We weten wie er achter deze zwendel zit! **TERSILLA** is er ook bij betrokken!' vertelde Glitter opgewonden.

'Hebben jullie ook ontdekt dat die Goud-machine verschrikkelijk vervuilend is?' onderbrak Katelijne haar.

'Hoezo, VERVUILEND?' vroeg Glitter gealarmeerd.

'Merk je dat niet, die lucht? De dode vissen in de haven, het ZWARTE WATER, bijna olie...

Het grijze stof dat als een laken over alles heen ligt!' legde **Katelijne** uit.

'Ja, dat was ons al opgevallen, maar

we wisten niet waar dat vandaan kwam!'
antwoordde Bitter.

'Ik denk dat de **MACHINE** die metaal in
goud moet veranderen in werkelijkheid alleen
maar giftige dampen uitstoot!' gaf
Katelijne haar mening.

'Maar als dat zo is moeten we wat **DOEN!**'
riep Glitter.

'Wij hebben goudverf achter de machine
gevonden en hoorden Tersilla praten met een
MYSTERIEUS type: ze willen papa's
goud roven!' vertelde Bitter.

'Ik vertelde net aan Oscar dat er maar één per-
soon is die in staat is om ons te helpen… een
échte **WETENSCHAPPER!**' zei Katelijne.

'En wie is die wetenschapper?' vroegen Glitter
en Bitter in koor.

'Dat moet professor Volt zijn! Een goede vriend

van *Geronimo Stilton!*'
'Begin nu niet weer, Katelijne.
We kunnen nu echt niet naar
MUIZENEILAND!' sputterde Oscar
tegen.
'We kunnen er misschien niet heen,
maar we kunnen wel contact leggen,' stelde
Bitter voor.
'En wat wil je hem dan vertellen?' vroeg Oscar.

'We kunnen professor Volt via de
satelliet OPSPOREN,' ging
Bitter verder.
'Ja, maar hoe beschrijf je
de goudverf en de DRAB
in de haven?' vroeg
Katelijne.
'We sturen hem
gewoon een FOTO,

ik heb mijn digitale camera bij me! En met de **KOERIER,** kunnen we wat ᴡᴀᴛᴇʀ-ᴍᴏɴsᴛᴇʀs bij hem laten bezorgen!' stelde Bitter voor.

'Goed idee, Bitter!' riep Glitter enthousiast.

'Kom op, aan het werk!'

'Jullie zijn een ᴜɴɪᴇᴋ sᴛᴇʟ!' zei Katelijne trots.

'Ik snap niet hoe jullie altijd in zulke ᴍᴜɪᴢᴇ-ɴɪssᴇɴ verzeild raken...' mopperde Oscar voor de vorm.

ONDERTUSSEN OP MUIZENEILAND...

Ondertussen zat *Geronimo Stilton* op Muizeneiland genoeglijk in een luie stoel, met zijn snuit in een g o e d   b o e k .
Onder het lezen dronk hij een kopje kamillethee en knabbelde op knapperige kaaskoekjes.

Opeens rinkelde de telefoon.

Triiiiiiiing!

Triiiiiiiing!

Geronimo nam op:

'Hallo?'

'Hallo, Geronimo, met professor Volt. Ik bel je vanuit mijn geheime laboratorium. Het is **DRINGEND. UITERST DRINGEND!** Ik kom naar je toe, nu!'

'Ja, dat is goed, ko...'

Geronimo had zijn zin nog niet eens afgemaakt, of de bel ging, LUID en dringend. Arme trommelvliezen!

Hij LIEP naar de deur en deed open. Daar stond professor Volt, ongeduldig te wachten.

'Hallo, professor, wat is er zo dringend?'

'Geronimo, je gelooft me nooit, maar ik heb een noodoproep via de satelliet ontvangen... van KATTENEILAND. Van ene... ene...'

'Van Katelijne?' vroeg Geronimo.

'Ja, precies! Ken je haar?'

'Ja, ik heb een keer het *"genoegen"* gehad...'

'Ik ving een signaal op via de satelliet,' vertelde

de professor verder. 'Het was een $.⊕.$., een noodoproep! En er werd een locatie opgegeven waar ik een *pakket* met twee monsters kon **OPHALEN**.'

Terwijl hij dat zei, liet hij Geronimo de monsters zien. Eén van de goudverf en één van het vervuilde water.

'Ze hebben me gevraagd de twee vloeistoffen te analyseren, die misschien een **GEVAAR** zouden kunnen opleveren voor Katteneiland en ons eigen eiland.'

'WAAROM?'

'Het schijnt dat ene Kattenklauw een goudmachine heeft, die

VERVUILD WATER

GOUDVERF

alleen maar giftige stoffen maakt. Deze
Kattenklauw wil blijkbaar al het **metaal** in
goud veranderen, zowel op Katteneiland als op
Muizeneiland!'

'Het verbaast me niets dat Katelijne je hulp
heeft ingeroepen, professor!' zei Geronimo. 'Op
dat eiland van KLUNSKATTEN is zij de enige die
koppie-koppie heeft!'

'Ik op mijn beurt vraag
jouw hulp, Geronimo!' zei
professor Volt. 'Uit mijn
chemisch onderzoek

van de monsters is gebleken
dat die machine in staat is om in
korte tijd PLANTEN en **die-
ren** van alle eilanden in de hele Katidische-
en Zuidelijke Rattenoceaan uit te roeien. We
moeten ze waarschuwen, maar ik wilde eerst

even horen wat jij ervan vindt! Weet je, het blijven katten, die kun je eigenlijkk nooit vertrouwen...'

Brrr, koude rillingen...

'Ja, het **BLIJVEN** katten... Brrr, koude rillingen... Maar ik kan je wel vertellen dat Katelijne een *ladypoes* is! Ik vertrouw haar, ik bel haar wel even!'

OP MIJN WOORD
VAN KNAGER

Ondertussen wachtten Oscar, Katelijne en de tweeling met spanning op antwoord van Muizeneiland.

'Volgens mij horen we nooit meer iets van die muis. Geef de HOOP maar op, Katelijne!' zei Oscar die het wachten zat was. Opeens trilde de gsm van Katelijne.

'Hallo, met Geronimo Stilton!'

'EINDELIJK! Ik wist dat je ons niet in de steek zou laten!'

'We moeten Kattenklauw tegenhouden!' ratelde Geronimo. 'De onderzoeken van professor Volt hebben aangetoond dat die machine alleen maar GIF PRODUCEERT!'

De verbinding viel weg.

'Kom op, jongens! We hadden gelijk! We moeten KATTENKLAUW tegenhouden!' brulde Katelijne tegen de anderen.

HOERA VOOR KATTENKLAUW!

Ze renden naar de loods. Daar aangekomen, zagen ze een *megamenigte* Kattenklauw toejuichen.
'HOERA VOOR KATTENKLAUW!

Hoera voor de Genadeloze Aanvoerder! HOERA!!!' riep de menigte.

'Beste piratenkatten!' zei Kattenklauw met een brede GLIMLACH op zijn snuit terwijl hij recht in de camera keek. 'Ik zal voor **10** gelukki-gen hun metalen mikmak in

Beste piratenkatten...

goud veranderen! Hebben jullie de potten en pannen bij je?'

'**JA!**' riep de massa terwijl ze hun potten en pannen in de lucht staken alsof het trofeeën waren.

'Ik neem… jou… en jou… en, nee, die daar…' Toen de eerste gouden pan uit de machine kwam rollen, raakte de menigte opgewonden. Spreekkoren als bij een grote voetbalwedstrijd klonken: '*Kattenklauw! Wij willen goud, Kattenklauw!*'

'**Papa!** Hier zijn we! Zie je ons?' riep Bitter en hij probeerde de aandacht van Kattenklauw te trekken. Tevergeefs!

Kattenklauw hoorde hen niet en zag hen niet.

'Papa! Luister! Het is **BEDROG…** en hoe! Hij hoort het niet!' zei Glitter klagend.

KATZINNIGE
CHAOS

'**MIJN** pan! De keizer zei dat hij **MIJN** pan in goud wilde veranderen!'

'Je hebt **rotte haring** gegeten, poesje! Zie je dan niet dat Kattenklauw naar **MIJN** potje wijst!'

'Jullie maken een grapje! Onze enige echte ONOVERTROFFEN keizer wees naar mijn pan!'

De hele schare katten en katers was door de goudkoorts gegrepen.

'Rustig maar!' suste Kattenklauw triomfante-lijk. 'De keizer is er voor iedereen!'

De kattenkudde was niet onder de indruk van

zijn sussende woorden en binnen een paar
seconden…

BAM!

KLETS!

BENG! **BOING!** **KLAP!** **KLATER!**

Er werden met potten en pannen rake klappen
uitgedeeld, er vlogen zelfs katten door de lucht!
Kortom een complete katzinnige chaos, en dat
in een live-uitzending OP TV!

'Ik heb gezegd: rustig maar!' **BRULDE** Kattenklauw nog een keer en hij kreeg **PROMPT** een pan op zijn snuit.

'H-hoe durven jullie?' vroeg hij en met een ferme KATTEN-SPRONG *DOOK* hij in de kattenmassa, boven op de keizermepper.

'Wat een spektakel!' zei Oscar grinnikend.

Ondertussen stond Tersilla zenuwachtig om zich heen te kijken.

'Waar blijven Sjonnie en Zik?'

Ze draaide zich om naar de alchemist en beval hem:

' **KOM, WE MOETEN GAAN!** '

WAT GEBEURT ER?

Tersilla profiteerde van de totale chaos en jatte de schat van Kattenklauw. Ze was al bijna bij haar motorboot.

'Kom op, OSᶜᵃR! Tersilla **_KNIJPT ER TUSSENUIT!_**' gilde Glitter. 'Rennen naar de steiger, ik heb een plan!'

'Wacht, ik kom mee!' riep Bitter.

'**NEE!** Ik heb een beter plan,' zei Oscar. 'Jij en Katelijne blijven hier, jullie moeten iets **BELANGRIJKS** doen...'

Hij fluisterde hen iets in het oor.

Even later, in de loods, ging er een irritant alarm af. Alle katten verstijfden en verstomden.

Triiing

Triiing

Triiing

Opeens regende het in de loods, alle katten
werden nat: Bitter en Katelijne hadden het
brandalarm af laten gaan!
Het plan van Oscar werkte!

'MIIAUW! W-wat gebeurt er? Kijk
naar de pannen!' brulde
Kattenklauw.

Het water spoelde het goud
van de pannen af! De pannen
die met de machine van de
alchemist van metaal in goud
waren VERANDERD.

'M-maar… het is geen echt goud! De machine
is nep, dit is *voor-de-gek-houderij!*'
hijgde Kattenklauw boos.
'Ik wist het! Waar is die alchemist! Die zal ik
eens even katkundig EVACUEREN!'

GUUS
GRIJPGRAAG

Inmiddels was Tersilla aangekomen bij haar speedboot, die aan de steiger LAG.

'SCHIET OP! Leg al het goud onder die doek, dan start ik vast de motoren!' schreeuwde ze tegen de alchemist.

'Ja, Tersilla, wacht...'

'Waarop moet ik wachten? Tot we ontdekt worden?' grauwde ze en schold de alchemist uit omdat hij zo langzaam was.

Na wat gepruttel sloeg de motor aan.

BROEM
BROEM BROEM

Er kwamen katten naar de steiger gerend,
teleurgesteld door het bedrog van Kattenklauw.
Tersilla gaf gas en een dikke straal zwarte
drab spoot op, over de katten.
'Adieu, Katten! Tot heeeeeel gauw!' spotte
Tersilla en liet de motoren ronken.
Maar een paar meter verder...

BROEM...
BROE... BRO... BR...

'Wat is dit nu?' vroeg Tersilla, terwijl ze heel
snel **VAART** minderden.
Bitter en Katelijne waren bij Oscar en Glitter
komen staan op de steiger.
'Zie je, Bit? Ik heb die **VERTRAGENDE
BRANDSTOF** in de tank gedaan!' zei
Glitter.
'Goed zo, Glitter! Het werkt dus echt!'

'Ja, en ik heb ook nog wat **PoedervLooien** op de stoeltjes gestrooid. Kijken of dat ook werkt!'
En inderdaad, dat werkte ook!
Even later, terwijl Tersilla nog bezig was met haar motor en er geen snars van snapte, sprong de alchemist op en begon zich wild te krabben!

KRAB KRAB KRAB KRAB KRAB
KRAB KRAB KRAB KRAB KRAB
KRAB KRAB KRAB KRAB KRAB

'Maar... maar... Tersilla,
op deze stoelen zitten...
vlooien!'

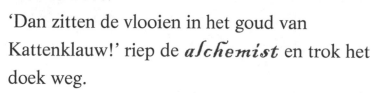

KRAB KRAB
KRAB KRAB
KRAB KRAB

'Wat vertel je me nu?
Mijn boot is **gedesin-
fecteerd** met vlooien-
poeder... Hij is **100**
procent schoon!' brulde
Tersilla boos.

'Dan zitten de vlooien in het goud van
Kattenklauw!' riep de *alchemist* en trok het
doek weg.

Op de kade stond de kattenmenigte nieuwsgierig toe te **KIJKEN** wat er gebeurde daar in die
boot.

Plotseling klonk er een kreet:

'OOOOOOOOO!'

De alchemist, die verging van de jeuk had zijn mantel **UiTGERUKT,** zijn baard wegge-smeten en zijn pruik afgezet. Hij verraadde hiermee zijn ware identiteit.

'Maar, dat is *GUUS GRIJPGRAAG,* van Nep TV!' gilde een kat op de kade.

'Hij heeft mij die hoop roest voor goud verkocht!' riep een andere kat.

'KLOPT! Mij heeft hij ook genept! Grijp hem, ik voer hem aan de haaien...'

Eigenlijk iedereen die daar aan de kade stond

had nog een **appeltje te schillen** met Guus Grijpgraag...

'**KIJK** daar onder die doek! Ze roven het goud!'

'**MIAUW!** Dat is mijn goud!' brulde keizer Kattenklauw woedend.

'Huichelaar, **KNOPEN-DRAAIER,** wat voor een alchemist ben je nu helemaal? Ik zal je eens fijn komen *roskammen**!'

HET GOUD VAN KATTENKLAUW

* *Ik zal je eens fijn komen roskammen: kattentaal voor een afstraffing.*

APPLAUS VOOR KATTENKLAUW

En zo viel het plan van Tersilla om het goud van Kattenklauw te roven, **hopeloos** in het water.

Kattenklauw hield spontaan een toespraak.

Nu ja, spontaan…

'Kom op, papa! Je hebt het beloofd…' sisten Glitter en Bitter. 'Beloofd is beloofd!'

KATTENKLAUW vroeg met grote tegenzin om een moment van aandacht aan alle katten die nog in de haven waren.

'Vooruit dan, zijn jullie soms van de afdeling hoofdpijn?' siste Kattenklauw tegen zijn kinderen.

Hij greep een microfoon van het FoxNet team, richtte zich tot de massa, en sprak: '*Beste katten en katers,* zoals jullie weten is de keizer een kat die zijn WOORD houdt! De eerste **10** krijgen een pan van goud, eh… die betaal ik uit mijn eigen zak!

Beste katten en katers…

Er klonk luid gejuich op na de toezegging van
Kattenklauw!
Het **ENTHOUSIASME** van de kattenschare sloeg
op hem over. 'Ben ik een goede keizer of niet?'
Daarna vertelden Glitter en Bitter over
de oplichterij van Guus Grijpgraag en hoe ze
het mysterie hadden opgelost.
Ze waren er opnieuw in geslaagd een **duister**
plan van Tersilla te verijdelen!
Ten slotte nam Oscar het woord en kondigde
een sappige primeur aan in het volgende
nummer van DE KRIJSENDE KATER! Ik zou
zeggen: lees die krant!

Jaargang 9- Nummer 270 - vrijdag 9, van de maand Miagolino - XVe eeuw van het Kattenrijk - Prijs: 1 Eurokat

De Krijsende Kater

CURIOSA, MODE, CULTUUR EN NIEUWS VAN KATTENEILAND: NIEUWBAKKEN ALS EEN LEKKERBEKJE!

VERSCHIJNT: WEKELIJKS... MAANDELIJKS... AFHANKELIJK VAN HET NIEUWS EN DE INSPIRATIE!

UITGEVER: OSCAR TORTUGA GEDRUKT IN DE BLAUWE TOREN VAN HET FORT.

NIET VOOR DE POES!

Officiële verklaring van onze katerlijke keizer Kattenklauw III, de Zwarte Zeerover. De tweeling heeft Kattenklauw overgehaald een belofte te doen aan alle katachtigen op Katteneiland.
'Beste katers en katten, beste Kateilanders, het is hier voor jullie, voor mijn land, dat ik sta en beloof wetenschappelijk onderzoek en al wat ons milieu verder nog kan helpen, te ondersteunen en te stimuleren! Ik word nog eens een heuse eco... eco... hoe heet dat ook alweer? Een ecologische kat... en dat dankzij die twee kleine pestkatten... eh, ik bedoel... geliefde kattenkittens van mij, Glitter en Bitter!'

EXCLUSIEF!

DE WARE SNUIT VAN DE ALCHEMIST

Op het spoor van de misdaad, live op tv! De alchemist ontmaskerd!

Alchemist   Guus Grijpgraag

Veel van onze lezers kennen Guus Grijpgraag als presentator van de kateuze zender Nep TV.
Tijdens deze koopjesuitzendingen wist Guus talloze katten en katers bekwaam te bedriegen.

Goud bleek geen goud, springveermatrassen zonder springveren, niets was hem te bont! Na zijn ontmaskering eisten alle slachtoffers hun geld terug! Wie weet of zij het ooit terug zullen zien?!

❀ ECONOMIE ❀ ACTUALITEITEN ❀ RUBRIEKEN ❀ CULTUUR ❀ PERSONEN ❀

DE VERVUILING VAN KATTENEILAND, PROBLEEM OF NIET?

Op ons eiland is een levendige discussie gaande over vervuiling. De directeur van onze krant, Oscar Tortuga, heeft een aantal deskundigen geïnterviewd. Bitter en Glitter bevestigen: 'Geen twijfel mogelijk! Vervuiling is een gevaar voor ons allemaal!'

Een heel andere mening heeft Kika Kittekat: 'Vervuilen is het enige waar wij goed in zijn, waar we ons in kunnen onderscheiden. Daar moeten we ons voordeel mee doen als eiland. Zoals wij vervuilen… vervuilt niemand!'

ACTUEEL

GLITTER EN BITTER ZIJN EEN GROOT VOORBEELD VOOR DE KITTENS VAN VANDAAG!

Eindelijk kan de beruchte Goudmachine geen schade meer aanrichten. Nadat de keizerlijke tweeling had ontdekt wat de machine aanrichtte, hebben ze hem buiten werking gesteld, voorgoed! Ze hebben hem ontmanteld, schroefje voor schroefje, boutje voor boutje, tot er een grote berg oud roest over was. Bonzo, de betrouwbare raadsheer van onze keizer, heeft voor de afvoer daarvan gezorgd.

Het water rondom Kattolab is inmiddels weer net zo schoon als toen… nu ja, zo schoon mogelijk. Bomen dragen weer blad, groen blad zelfs. En de pier is weer drabvrij. Laten we hopen dat we van de alchemist, Goudmachines en koning Midas voorlopig niets meer horen…

❀ ECONOMIE ❀ ACTUALITEITEN ❀ RUBRIEKEN ❀ CULTUUR ❀ PERSONEN ❀

ADVERTENTIES

INHOUD

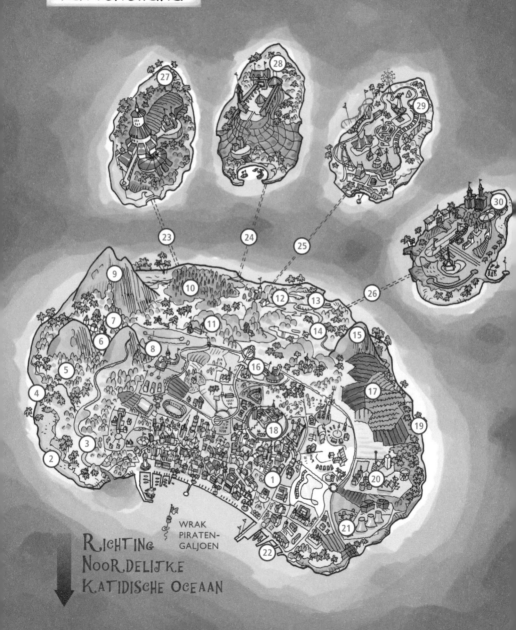

Katteneiland

WRAK
PIRATEN-
GALJOEN

RICHTING
NOORDELIJKE
KATIDISCHE OCEAAN

KATTENEILAND

1. KATTENDRECHT
   (GROOTSTE EILAND)
2. KRABBENDUIN
3. KLAUWENKREEK
4. ZEE-INHAM DE ZILTE ZALM
5. DAL DE DUIKELENDE
   DAKHAZEN
6. SCHRAMMENBERGEN
7. DORP FELIX SILVESTRIS
8. VLIEGVELD
9. PIEK DE HINKEL-PINKEL PIRAAT
10. WOUD DE ZINDERENDE
    ZNORHAREN
11. TIJGERWOUD
12. BOEKANIERSMOERAS
13. KROKODILLENLAGUNE
14. RIVIER DE SPINNENDE SFYNX
15. TABLEAU DE BEAU VLO
16. INGANG TUNNELS
17. KATTENKRUIDVELD
18. KEIZERLIJK WOONFORT
19. TURTELSTRAND
20. INDUSTRIETERREIN
21. AFVALVERWERKING
22. SCHEEPSDOK
23. TUNNEL VAN DE RODE ROVER
24. TUNNEL VAN DE BLAUWE
    BOEKANIER
25. TUNNEL VAN DE GROENE
    GALJOENKAPER
26. TUNNEL VAN DE ZWARTE
    ZEESCHUIMER
27. KATTOLAB
    (LABORATORIUMEILAND)
28. BITWORLD
    (COMPUTEREILAND)
29. KATTENDOORN (PRETEILAND)
30. KAT-O-RADE (SPORTEILAND)

Kattendrecht

KATTENDRECHT

Geronimo Stilton

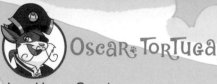

Oscar Tortuga

1. Losgeld voor Geronimo
2. Wie wint Geronimo? (Om op te eten...)
3. De schat van kapitein Kwelgeest
4. Blijf met je poten van mijn goud af!

Ook verschenen:

* De avonturen van Odysseus
* De grote invasie van Rokford
* Fantasia
* Fantasia II - De speurtocht naar het geluk
* Fantasia III
* Fantasia IV - Het drakenei
* Het boekje over geluk
* Het boekje over vrede
* Het ware verhaal over Geronimo Stilton
* Knaag gezond, Geronimo!
* Knutselen met Geronimo & co
* Koken met Geronimo Stilton
* Reis door de tijd
* Reis door de tijd 2
* Schimmen in het Schedelslot
  (Of: Het geheim van dapper zijn)
* Tussen gaap en slaap

Klassiekers:

* De drie muisketiers (NL) - De drie musketiers (BE)
* De reis om de wereld in 80 dagen
* Het jungleboek
* Het zwaard in de steen (NL) - Koning Arthur (BE)
* Onder moeders vleugels
* Schateiland (NL) - Schatteneiland (BE)

Overig:

* Geronimo Stilton - Dagboek
* Geronimo Stilton - T-shirt met chocoladegeur
* Geronimo Stilton - Verjaardagskalender
* Geronimo Stilton - Vriendenboek

Alle boeken zijn te koop bij de boekhandel
of te bestellen via de website.